VDM
Les inédits
du monde entier, 2

Paru dans Le Livre de Poche :

Vie De Merde

Vie De Merde, la suite…

Vie De Merde. Les inédits du monde entier, 1

Maxime Valette, Guillaume Passaglia
& Didier Guedj

Illustrations de MissBean

VDM
Les inédits du monde entier, 2

privé

ISBN : 978-2-253-13189-2 – 1re publication LGF

PRÉFACE

Grâce aux versions internationales du site Internet VDM, découvrez ici des anecdotes inédites provenant des quatre coins du globe, cette petite planète où l'on s'aperçoit finalement que tout le monde connaît les mêmes embrouilles avec ses amis, son chéri, ses enfants, ses parents... C'est donc scientifiquement prouvé : partout dans le monde, on a tous une VDM. Peu importe si ça doit rassurer ou ficher la trouille, en tout cas, ça fait bien rire : voté et garanti par des millions d'internautes.

Tout ça, c'est de la faute de Maxime (Valette). Il avait pris l'habitude d'échanger ses propres anecdotes sur un canal IRC avec quelques amis. Forcément, les embrouilles des uns faisant le bonheur des autres, de plus en plus de curieux sont venus les lire et publier les leurs. C'est ainsi que Maxime a créé le concept VDM et le site viedemerde.fr, avec bientôt l'aide de Guillaume (Passaglia), puis de Didier (Guedj), qui s'est occupé de lancer avec eux la version internationale du site.

À votre tour d'en profiter !

Asie

Malaisie

Aujourd'hui, j'ai appris que si tu t'assois par accident sur un hamster, il ne meurt pas. En revanche, il te mord les testicules. VDM

Aujourd'hui, j'ai découvert que ma copine a plus de poils que moi sous les bras. VDM

Aujourd'hui, avec ma famille, nous sommes allés à une plage où l'on peut nager avec des dauphins. Je n'étais pas trop rassuré et le dresseur a dû passer cinq minutes à me convaincre que ce sont les créatures les plus inoffensives du monde. Une fois entré dans l'eau, un dauphin m'a immédiatement attaqué et mordu. VDM

Aujourd'hui, quelqu'un a échangé ma bombe de laque avec une bombe insecticide. C'est en l'utilisant que je m'en suis aperçu. VDM

Aujourd'hui, j'essayais de faire éclater un gros bouton sur mon nez. J'ai réussi, et il a giclé dans mon œil. VDM

Aujourd'hui, j'ai enroulé une serviette autour de ma taille pour pouvoir poser mon ordi portable sur mes genoux aux toilettes. À peine assise sur la cuvette, j'ai lâché ma crotte. J'avais juste oublié de dérouler la serviette de ma taille. VDM

Indonésie

Aujourd'hui, après 8 ans passés ensemble avec ma copine, j'ai enfin abordé le sujet du sexe. Elle a dit non, car "tout va trop vite entre nous". VDM

Aujourd'hui, c'est mon anniversaire. Je suis chef pâtissier de profession. Non seulement ma famille m'a demandé de l'argent pour commander le gâteau dans la pâtisserie où je travaille, mais j'ai dû le réaliser moi-même et écrire dessus "Joyeux anniversaire Papa". VDM

Philippines

Aujourd'hui, mon copain m'a largué sur Skype avec le message suivant : "Mon pénis en veut plus, mais mon cœur et ma raison ne veulent pas te blesser"... Hein ? VDM

Aujourd'hui, je suis allé au centre commercial en famille. Nous nous sommes séparés dans un rayon pour pouvoir chacun acheter nos habits. Plus tard, en flânant un peu, je suis tombé sur mon père en train de peloter un mannequin dans un coin du magasin ! VDM

Aujourd'hui, au supermarché, je ne trouvais pas de place de parking. Après avoir tourné quelques minutes, j'en ai finalement repéré une super et bien à l'ombre sous un arbre. Pas de doute, c'était un cocotier, vu la marque de la noix de coco qui a défoncé mon toit. VDM

Aujourd'hui, je buvais un thé, assis dans mon jardin en admirant des papillons. Ils étaient très beaux et j'ai essayé d'en capturer un par les ailes, comme je faisais quand j'étais enfant. Il s'agissait en fait de guêpes exotiques. J'ai mal. VDM

Aujourd'hui, je suis sortie boire un verre avec des amis. Par chance, le mec sur qui je craque depuis quatre ans était justement là. J'ai bu un peu d'alcool pour avoir le courage de faire le premier pas. Plus tard, je me suis lancée à ma petite confession au creux de son oreille, que j'ai accidentellement ponctuée en lui vomissant dessus. VDM

Thaïlande

Aujourd'hui, mon psy m'a diagnostiquée comme sévèrement déprimée, à cause du stress provoqué par les cris et la mauvaise ambiance qui règne chez moi. Suite à cette séance, mes parents se sont disputés en cherchant à savoir qui des deux en était responsable. Ils ont fini par me hurler dessus en m'accusant de dépenser tout leur argent chez un psy. VDM

Aujourd'hui, je jouais avec mon yoyo et j'ai commencé à faire le show devant mes amis. Quand une fille que j'aime bien est passée par là, j'ai pensé que ça serait cool de réaliser la figure de la "morsure du chien". Je me suis mis un coup de yoyo sur la braguette. À grande vitesse. VDM

Pakistan

Aujourd'hui, j'étais en train de manger des chips en regardant la télé. À la fin, j'ai vu une miette qui restait sur la table basse et je l'ai mangée. C'était une tique. VDM

Aujourd'hui, j'ai emmené mes amis dans un bon restaurant pour fêter mon anniversaire. Ils m'ont fait en cadeau la surprise d'un magnifique gâteau d'anniversaire que j'ai découpé fièrement pendant qu'ils me chantaient *"Happy birthday to you"*. Quand l'addition est arrivée, j'ai découvert que c'était à moi de payer mon gâteau surprise. VDM

Koweït

Aujourd'hui, j'ai joué le rôle du Prince charmant comme attraction à un goûter d'anniversaire. À la fin de ma scène, le narrateur a demandé aux petits enfants : "Est-ce qu'il était beau, le Prince charmant ?" Tous en chœur : "Noooooooon !" VDM

Cambodge

Aujourd'hui, en fêtant mon anniversaire dans un bar avec ma famille et des amis, j'ai rencontré une fille avec qui j'ai bien accroché. Elle a tout de suite semblé plus distante après que ma mère lui a murmuré à l'oreille : "Si vous rentrez à la maison avec mon fils, assurez-vous au moins qu'il mette bien une capote." VDM

Inde

Aujourd'hui, j'étais en train de réviser dehors, en pleine réflexion, serein, tout en m'imprégnant de la beauté du paysage magnifique. C'est là qu'un petit singe a jeté son caca sur moi. VDM

Aujourd'hui, je suis allé à ce centre de méditation que ma mère m'avait conseillé afin de retrouver la paix de l'esprit. Il faut dire que j'ai les nerfs depuis quelque temps, à cause de mon boulot. J'ai conduit durant une heure, puis j'ai marché sous un soleil de plomb pendant encore deux heures, en essayant vainement de localiser ce foutu centre. Je me suis perdu, et j'ai fini par rentrer chez moi encore plus énervé qu'avant. VDM

Chine

Aujourd'hui, je finissais de me préparer et je me versais du thé brûlant dans une Thermos à emporter, quand j'ai vu ma voisine qui promenait son chien. Elle m'a fait coucou de la main. Du tac au tac, je lui ai aussi fait coucou de la main...

la main qui tenait la Thermos. Je me suis brûlé partout sur le corps et le visage. VDM

Aujourd'hui, après neuf mois de notre relation, mon amoureux et moi nous sommes offert notre virginité l'un à l'autre. C'était une expérience incroyable et éblouissante. Une heure plus tard il m'a larguée. Apparemment, mon "visage pendant l'orgasme est trop moche". VDM

Aujourd'hui, je suis allé dîner chez les parents de ma copine. Sa mère nous a servi des brocolis, ce que je déteste. Pour ne pas la vexer, j'ai refilé discrètement ma part au chien. Il semble que les brocolis donnent à leur chien une forme de diarrhée explosive et quasi immédiate. VDM

Aujourd'hui, j'ai fait l'amour avec mon copain espagnol. Prévoyant de l'exciter comme jamais, je lui ai demandé comment on dit "Vas-y plus fort" en espagnol. Il m'a répondu, "Pollo frito". J'ai donc passé l'heure suivante à hurler "Poulet frit... Poulet frit", pendant qu'il me faisait l'amour en souriant. VDM

missbean

Aujourd'hui, j'ai essayé pour la première fois le fameux bain "*Thingy*" (un bain où de petits poissons viennent contre vous et vous débarrassent de toutes vos peaux mortes). Je me suis donc immergé dedans, et après quinze minutes à servir de buffet humain, j'ai noté que quelques poissons en avaient crevé et flottaient à la surface. VDM

Aujourd'hui, je suis arrivé à la gare juste quand mon train allait partir. J'ai piqué un sprint et ai réussi à sauter dedans à la dernière seconde. Je me suis ensuite aperçu que j'étais seul dans le wagon et que le train empruntait des voies que je ne reconnaissais pas. Je suis ensuite resté coincé trois heures dans mon train parqué sur sa voie de garage. VDM

Japon

Aujourd'hui, j'ai réalisé qu'un pet incontrôlable peut survenir à tout instant, comme le jour de son mariage, devant l'autel, au moment où son mari dit ses vœux. VDM

Aujourd'hui, mon mari a laissé son mobile à la maison. J'ai fouillé dans ses contacts pour découvrir une personne surnommée "La Salope". Suspicieuse, j'ai décidé d'appeler

“La Salope” pour tirer ça au clair. C’est mon téléphone qui a sonné. VDM

Aujourd’hui, j’ai utilisé les toilettes d’un magasin. Au moment d’en sortir, j’ai réalisé que je ne pouvais pas ouvrir la porte. Paniquée à l’idée de rester coincée à l’intérieur, j’ai frappé à grands coups sur la porte tout en criant à l’aide. Les vigiles du magasin ainsi qu’un grand nombre de badauds sont rapidement intervenus. J’ai alors découvert qu’il suffisait de tirer la porte plutôt que de la pousser. VDM

Amérique du Sud

Mexique

Aujourd'hui, je me suis fait emboutir de plein fouet par une voiture qui a propulsé la mienne contre d'autres véhicules en stationnement. Alors que le chauffard m'aidait à m'extirper de ma voiture accidentée par le côté passager, il a juste dit : "Désolé, j'ai éternué." VDM

Aujourd'hui, mon grand-père portait des sandales avec des chaussettes blanches. Quand il a utilisé mes toilettes, je me suis souvenu qu'il n'y avait plus de papier. Un peu gêné de l'interrompre au mauvais moment, j'ai préféré attendre qu'il me demande lui-même un rouleau. Il n'a rien demandé, mais il est revenu sans ses chaussettes. VDM

Aujourd'hui, j'ai remarqué que mon chien avait l'air triste et bizarre. Je l'ai donc laissé monter sur mon lit dans l'espoir que ça le réconforte un peu. Ça a marché, juste après qu'il a vomi sur mon oreiller. VDM

Aujourd'hui, je me suis endormi sur mon bureau, ma tête posée sur mon poing. Mon coude a dû glisser du bord du bureau, car je me suis mis un grand coup de poing qui m'a laissé un énorme bleu. À l'école, ils pensent que mes parents me battent. Mes parents, eux, pensent que je me fais martyriser à l'école. Personne n'a voulu croire à mon histoire "bidon". VDM

Caramba !
missbean

Brésil

Aujourd'hui, on s'embrassait avec mon copain et il a essayé de mettre une main dans ma culotte. Je ne voulais pas le laisser faire, mais il a tellement insisté en mode romantique que je me suis laissé convaincre. Une fois parvenu à ses fins, il s'est mis à chanter : *"We Are The Champions !"* VDM

Aujourd'hui, la station-service en face de chez moi a organisé une fête avec de la musique à fond toute la nuit. J'ai un examen de trois heures à 7 h 30 et je n'ai pas encore pu fermer l'œil. Le pire, c'est qu'ici, au Brésil, quand on appelle la police pour tapage nocturne, ça ne fait qu'ajouter des gens à la fête, qui font encore plus de bruit. VDM

Pérou

Aujourd'hui, je faisais du surf. J'ai vu de loin un flic s'approcher de ma voiture, pourtant bien garée, et mettre un PV sur le pare-brise. J'ai alors nagé rageusement vers la plage. Dans ma hâte, j'ai fini par me prendre une mauvaise vague qui m'a balancé sur un rocher. J'ai le dos à vif et j'ai pété ma planche de surf. C'était une note pour me prévenir que j'avais un pneu dégonflé. VDM

Équateur

Aujourd'hui, après que j'ai utilisé les toilettes de l'avion, l'hôtesse a pulvérisé à grands gestes du désodorisant pendant une longue minute tout en me regardant fixement. VDM

Porto Rico

Aujourd'hui, après avoir déménagé dans un meilleur quartier, ma famille et moi avons été accueillis par les gémissements suraigus de nos voisins d'en face qui faisaient l'amour. Leurs prières de pénitences furent ensuite encore plus bruyantes. Bienvenue dans le quartier. VDM

Amérique du Nord

Canada

Aujourd'hui, j'ai accueilli une nouvelle famille dans mon restaurant. Quand j'ai pris la commande de la petite fille, je me suis emmêlée en voulant l'appeler "ma puce" ou "ma petite". J'ai fini par lui demander : "Qu'est-ce qui te ferait plaisir, ma pute ?" VDM

Aujourd'hui, j'ai découvert que ma sœur aînée est ma mère biologique. Ça m'a fait d'autant plus bizarre que j'ai toujours haï ma sœur. VDM

Aujourd'hui, en classe, on a étudié la gravité. Le prof m'a demandé de monter sur le bureau, puis de sauter à terre. Le bureau a craqué sous mon poids, ce qui a bien fait rire tout le monde. Fuck la gravité. VDM

Aujourd'hui, j'étais supposé attraper un vol pour New York. Mon fils de 5 ans m'a aidé à faire mes bagages en vitesse. Il y a même caché le pistolet à air comprimé de son grand frère, "pour me protéger". J'ai raté mon vol, après avoir subi une fouille au corps très approfondie à l'aéroport. VDM

Aujourd'hui, j'ai fait l'amour pour la première fois depuis des mois. Les excuses du mec ont duré plus longtemps que l'acte. VDM

Allez hop !
J'ai du boulot à
abattre moi !
C'est pas la dernière
arme de Gears of
War ça ?
missbean

Aujourd'hui, j'ai découvert que quand le couvercle du mixeur n'est pas bien fixé, il peut te voler à la figure et que son contenu peut tout redécorer dans ta cuisine. J'ai aussi appris qu'après une telle attaque au sang par un couvercle de mixeur, ton copain peut te demander : "Il vient ou pas, ce milkshake ?" VDM

Aujourd'hui, j'ai eu mon premier rendez-vous avec un garçon. Mon père est non seulement super protecteur, mais aussi flic. Il a nettoyé son arme devant lui, en lui murmurant qu'il "devait faire très attention" avec moi. Le garçon s'est ensuite mis à pleurer nerveusement quand on est montés dans sa voiture. VDM

Aujourd'hui, à moitié endormie, j'ai fait tomber ma pilule par terre. Je l'ai rapidement ramassée avant de l'avaler. Cinq heures plus tard, j'ai retrouvé ma pilule sur le sol. Je ne sais toujours pas ce que j'ai avalé. VDM

Aujourd'hui, j'ai surpris mon copain au lit avec la fille des voisins. Il s'est alors mis à fredonner la chanson de Shaggy, *"It Wasn't*

Me" ("C'est pas moi"), complètement nu, encore assis à côté de la fille. VDM

Aujourd'hui, j'ai regardé une émission de télé où un homme décrivait à quel point il aimait une femme, saisissant toutes les opportunités pour être à son côté, et s'occupant d'elle comme jamais personne d'autre ne pourrait le faire. Émue, j'ai souri, car mon copain est pareil. Je me suis ensuite aperçue que c'était une émission sur les harceleurs. VDM

Aujourd'hui, j'ai fini par dire à mes parents que je voulais changer de chambre, car je trouve perturbant de les entendre faire l'amour. Plus tard, mon beau-père est venu me demander si, d'après ce que j'avais entendu, ma mère avait l'air "satisfaite". VDM

Aujourd'hui, je faisais l'amour avec ma copine. Elle s'est brusquement mise à sangloter : "Il... il me manque tellement..." Elle parlait de son ex. VDM

Aujourd'hui, j'étais bénévole dans une fête en faveur des enfants défavorisés, déguisé en kangourou. Un petit m'a crié : "Je sais que t'es pas un vrai", et il m'a séché avec un coup de pied dans les noisettes. VDM

Aujourd’hui, j’ai eu un blind date (rendez-vous avec une inconnue). Nous devions nous retrouver à l’entrée du parc. Voulant faire un peu d’humour, je lui ai envoyé un texto en disant : “Tu peux pas me rater - suis assis à côté d’une hippie à robe vert fluo.” C’était elle. VDM

Aujourd’hui, j’ai remarqué que je devais dorénavant soulever mon bourrelet pour apercevoir mon pénis. VDM

Aujourd’hui, comme je passais devant la maison des voisins, leur fils de six ans m’a lancé des cacahuètes en criant : “Tu vas mourir !”... parce que je suis allergique aux cacahuètes. VDM

Aujourd’hui, j’étais avec mon patron à un barbecue. Plus tôt, j’avais pris des médicaments à cause de douleurs dans mon dos. C’est clair que les antalgiques ne font pas bon ménage avec l’alcool. Il semble que j’aie fait un strip-tease, puis sauté à pieds joints sur le gâteau avant de m’évanouir. VDM

Aujourd’hui, en rentrant du travail, j’ai aperçu quelqu’un chez moi à travers la fenêtre. Terrifié, j’ai appelé la police. Ils n’ont trouvé personne et ne m’ont pas cru. Quand ils sont partis, j’ai regardé de nouveau à travers la fenêtre et je l’ai encore vu. C’était mon reflet. VDM

Aujourd'hui, mon mec et moi étions en pleins ébats quand son téléphone a sonné. D'habitude, il n'y répond pas, mais là il m'a repoussé en disant : "Attends, c'est ma copine." J'avais pourtant, un instant plus tôt, le sentiment bien profond que c'était moi sa copine... VDM

Aujourd'hui, j'ai découvert que mes parents sont cousins au premier degré. VDM

Aujourd'hui, dans la montagne, je suis repassé devant cet endroit romantique que m'avait fait découvrir mon chéri lors de notre premier rendez-vous. Un couple y faisait crac-crac dans un buisson et ça m'a fait rire. J'ai téléphoné à mon chéri pour lui dire. Sa sonnerie de téléphone "Bob Marley" a retenti depuis le buisson. VDM

Aujourd'hui, aucun de mes 500 amis de Facebook n'a répondu à mon statut "Qui veut faire un truc avec moi pour les vacances d'été ?" J'ai dû créer une personne imaginaire sur un nouveau compte pour me répondre "Ouais, trop cool, moi je veux bien !" VDM

Aujourd'hui, je me suis rendu à une fête costumée déguisé en zombie. Apparemment, un voisin un peu bourré a dû trouver le costume trop réaliste. Il m'a mis un coup de batte de base-ball. VDM

Aujourd'hui, je roule tranquillement à vélo sur une voie étroite, et une voiture derrière moi **me** balance un coup de Klaxon. Par réflexe, je hurle : "Ferme ta gueule." C'étaient les parents de ma copine qui me faisaient coucou. VDM

Aujourd'hui, c'est l'anniversaire de ma copine. Je lui ai fait croire que j'étais en déplacement, mais je suis allé chez elle les bras chargés de cadeaux pour lui faire une surprise. Elle m'a ouvert en petite culotte, à côté d'un mec en caleçon. Elle était en effet surprise. VDM

Aujourd'hui, je me faisais des boucles avec mon fer à friser quand j'ai soudain entendu un grésillement bizarre. Je me suis fusionné à chaud une araignée dans les cheveux. VDM

Aujourd'hui, je me suis réveillée d'une petite sieste avec plein de nouveaux textos. Une amie avait envoyé à tous mes contacts : "Qui veut essayer mon nouveau lit ?" Marc sera "là dans une heure", Jon "veut savoir ce que je porte comme dessous" et mon copain ne "trouve pas ça drôle". VDM

Aujourd'hui, j'ai passé la journée à apprendre une chanson à la guitare pour ma copine. Après mon long discours pour bien lui faire comprendre que tout ça c'était rien que pour elle, elle est venue tout contre moi et je me suis lancé. Au bout de 3 secondes, une corde a cassé et l'a fouettée en plein visage. VDM

Aujourd'hui, j'ai réa
de désodorisant d'in
longtemps que la pl
les mecs. VDM

Aujourd'hui, nous
ma grand-mère. Mo
que j'ai dû me re
larmes aux yeux.
main sur mon ép
sais, elle est
que j'ai explos

Aujourd'hui, un client à ma
à son fils de trois ans de me passer le
pour payer leurs achats : "Donne ça à la jolie caissière." Le gosse m'a regardée, puis est parti donner le billet à une autre caissière. VDM

Aujourd'hui, en raccompagnant des amis après une fête, j'ai lancé : "Vous avez vu comment Lisa s'est carrément fait larguer par Pat ce soir ?" Il y a eu un long silence, suivi de "euh... Lisa est avec nous dans la voiture, tu sais". VDM

Aujourd'hui, j'ai dû payer 80 dollars pour changer de numéro de téléphone à cause d'une ex qui me harcèle. J'ai envoyé un texto à tous mes contacts pour les informer de mon nouveau numéro... Y compris mon ex. VDM

missbean

Aujourd'hui, j'ai eu une dispute au restaurant avec un mec qui refusait de me laisser payer ma part de l'addition car je suis "une fille". J'ai alors tendu d'autorité ma carte de crédit au serveur impassible. Celui-là m'a annoncé quelques secondes plus tard en rigolant que ma carte était refusée par la machine. VDM

Aujourd'hui, mon petit ami avait la tête sur mes genoux. Je me suis penchée pour poser mes lèvres sur les siennes, mais les bourrelets de mon ventre les ont atteintes en premier. VDM

Aujourd'hui, mes parents m'ont appris qu'ils avaient eu l'idée de me concevoir afin que je puisse être un compagnon de jeu pour mon frère. J'ai enfin trouvé le véritable sens de ma vie. VDM

Aujourd'hui, j'ai expliqué à ma fille de quatre ans qu'il ne faut traverser que lorsqu'on voit le petit bonhomme vert, et s'arrêter quand on voit le petit bonhomme rouge. On était au milieu de la rue quand le petit bonhomme vert est devenu rouge. Ma fille n'a plus voulu bouger et j'ai dû la traîner de force sous les regards réprobateurs des automobilistes. VDM

Aujourd'hui, j'ai réalisé que quand mon petit copain disait "je t'aimerai toujours", ça voulait en fait dire "je t'aimerai jusqu'à ce que je rencontre ta sœur, carrément plus attirante que toi". VDM

Aujourd'hui, j'étais tout excitée à l'idée de montrer mon nouveau piercing au boulot. Il est situé dans un endroit original, au creux de l'oreille. La plupart de mes collègues m'ont demandé si c'était un Sonotone. VDM

Aujourd'hui, je devais faire une échographie en ayant bu préalablement 2 litres d'eau. Le docteur a dit que j'avais trop bu et qu'il fallait faire un peu pipi avant l'examen. J'ai dû alors faire un effort surhumain pour ne conserver que la quantité nécessaire dans ma vessie. Quand le médecin m'a ensuite appuyé sur l'abdomen, je n'ai plus rien pu conserver du tout. VDM

Aujourd'hui, je faisais l'amour avec ma copine quand son chat m'a attaqué. J'ai dû le saisir par la peau du cou pour le mettre dehors. Je suis alors tombé sur ses parents assis sur la terrasse, moi à poil et tenant le chat super agité à bout de bras. Tout ce qui m'est venu à l'esprit, c'est : "Vous allez bien ?" VDM

Aujourd'hui, j'étais en train de chevaucher mon petit copain sur mon lit quand j'ai perdu l'équilibre et je suis tombée avec fracas. Mon père a déboulé en panique dans ma chambre. Je ne sais pas ce qui est le plus traumatisant : que mon père nous ait surpris à poil ou qu'il ait déclaré : "Vous savez, c'est un lit qui vaut très cher." VDM

Aujourd’hui, je me sentais très mal après une sévère attaque d’anxiété. J’ai demandé à mon fiancé de me tenir la main pour m’aider à m’endormir. “Impossible”... il avait besoin de ses deux mains pour jouer à sa Gameboy. VDM

Aujourd’hui, je me suis réveillé sans électricité dans la maison. Après avoir pris ma douche dans le noir et m’être habillé à tâtons, j’ai vu le courant revenir environ deux minutes avant mon départ. VDM

Aujourd’hui, mon père m’a hurlé dessus, m’a traité de monstre, m’a dit qu’il voulait que je dégage et que je ferais bien de chercher un appartement. J’avais claqué un peu trop fort la porte du micro-ondes. VDM

Aujourd’hui, ma mère a décidé que toute la famille allait faire un régime. En effet, le vétérinaire nous a dit que notre chien est en surpoids, et ma mère veut que nous soyons tous solidaires avec Twix. VDM

Aujourd’hui, je suis allé chez ma copine car elle m’avait promis une petite séance hot. À la place, j’ai eu droit à la liste des raisons pour lesquelles je la fais déprimer. VDM

Aujourd'hui, je chattais sur MSN avec ma fiancée. Je lui ai copié l'écran de mon bureau pour lui montrer une conversation rigolote que j'avais au même moment avec un copain. Un peu plus tard, elle m'a demandé pourquoi j'avais un site porno gay ouvert sur mon navigateur. Oups. VDM

Aujourd'hui, j'ai décidé de ranger ma chambre, de trouver un boulot, et de faire ma déclaration à une fille trop mignonne. J'ai fini par rester jouer en réseau sur l'ordi. VDM

USA

Aujourd'hui, j'ai pris le bus pour aller au travail et une petite vieille s'est assise à côté de moi. À mi-trajet, elle s'est endormie sur mon épaule et j'ai trouvé ça mignon. Arrivé à ma station, j'ai essayé de la réveiller doucement. Elle était morte. VDM

Aujourd'hui, j'ai fait un rêve érotique très intense qui m'a envoyé au septième ciel et m'a laissé pantelant au réveil. Le souci, c'est que l'objet du désir n'était ni une fille canon ni un truc sexuel. J'avais rêvé de bacon. VDM

Aujourd'hui, j'ai été réveillé par mon père frappant à la porte de ma chambre d'étudiant. Mon camarade de chambre a trouvé très drôle de lui ouvrir lui-même, à poil, sortant ensuite dans le couloir en lançant avec une voix super gay : "C'était trop bien cette nuit." VDM

Aujourd'hui, j'ai découvert que la fille que je drague sur Internet depuis deux jours est finalement un mec très lourd de 14 ans. VDM

Aujourd'hui, j'étais sur le Golden Gate et j'ai vu un groupe d'Asiatiques qui prenaient des photos. J'ai fait le bon citoyen en proposant à un couple : "Vous vouloir moi prendre photo vous deux ?" L'homme a répondu : "T'inquiète, ça ira mon con, nous savoir nous servir du programmateur." VDM

Aujourd'hui, je faisais une petite sieste et ma fille de deux ans a grimpé sur moi car elle avait peur de l'orage. À moitié réveillé, et pensant que c'était le chat, je l'ai envoyée bouler d'un coup de pied contre le mur. VDM

Aujourd'hui, nous faisions l'amour avec mon copain, quand soudain nous avons entendu le carillon de la camionnette du marchand de glaces. Tout excité, il a crié : "Le marchand de glaces !" Puis il a sauté dans son jean et m'a laissée en plan. VDM

Aujourd'hui, j'ai emmené une fille chez moi et on a commencé à sortir ensemble. Une main en entraînant une autre, elle s'est retrouvée à me faire une gâterie. Au moment crucial, elle m'a fixé droit dans les yeux en murmurant : "Crois-tu en Jésus Notre Seigneur ?" VDM

BURGER QUEEN
missbean

Aujourd'hui, j'en avais marre d'entendre le mec d'en face baiser avec sa copine, alors j'ai téléphoné à la mienne pour lui proposer d'aller manger un morceau. J'ai entendu la sonnerie de son téléphone retentir dans la chambre du mec d'en face. VDM

Aujourd'hui, mon chien n'arrêtait pas de vouloir grimper sur ma jambe. J'ai donc décidé de lui grimper dessus moi-même afin de lui montrer ma dominance, pour le calmer. C'est à ce moment que ma sœur est entrée en disant : "Ça va ? Tu t'éclates ?" VDM

Aujourd'hui, j'ai 18 ans. Mes parents m'ont offert un bon d'achat iTune d'une valeur de 5 euros. C'est le truc gratuit qui va avec le nouvel iPhone qu'ils ont offert à ma sœur pour ses 14 ans. VDM

Aujourd'hui, mon chat est condamné par une tumeur au cerveau. Afin de m'éviter des instants insupportables, un ami devait passer le prendre en mon absence pour l'emmener se faire piquer. J'ai deux chats. Il n'a pas pris le bon. VDM

Aujourd'hui, la ficelle de mon tampon dépassait de mon maillot de bain. Mon fiancé a cru qu'il s'agissait d'un fil du maillot. Il a tiré dessus devant tout le monde. Très fort. VDM

Aujourd'hui, j'ai roulé sur un écureuil. Je l'ai vu continuer à se tortiller, alors j'ai fait une marche arrière pour abréger ses souffrances. Ce n'était pas un écureuil. C'était un chaton. L'enfant à qui il appartenait m'a vu lui rouler dessus. Deux fois. VDM

Aujourd'hui, j'ai découvert que mon fiancé empile des trucs sur moi quand je dors. Apparemment, son record c'est quatre coussins, un Mac Book, et le chat. VDM

Aujourd'hui, au retour d'une soirée un peu arrosée, mon copain et moi avons couché ensemble, pensant que nous étions seuls chez moi. Juste quand ça devenait chaud, j'ai reçu un texto de ma mère disant : "Du calme, même ton père peut entendre que tu simules." VDM

Aujourd'hui, je suis chez ma copine, juste elle et moi, et on commence à s'emballer sur le divan. Au moment où ça devient chaud pour elle, je décide de lui murmurer à l'oreille : "C'est qui le patron ?" J'entends alors : "C'est moi"... la grosse voix de son père juste derrière. VDM

Aujourd'hui, mon mari - depuis neuf ans - m'a annoncé son homosexualité. Il prétend que nos ébats sexuels n'ont été possibles que grâce à mon "aspect masculin". VDM

Aujourd'hui, j'ai croisé les parents de ma copine au supermarché. Je portais mon T-shirt "Cette nuit, un million de mes enfants potentiels sont morts en percutant le visage de ta fille !" VDM

Aujourd'hui, je rentrais à la maison quand j'ai vu une voiture de flic en embuscade avec un radar. J'ai eu le réflexe de ralentir, avec l'angoisse de me faire flasher. J'étais à pied. VDM

Aujourd'hui, j'étais dans une salle de gym bondée quand quelqu'un derrière moi m'a hurlé dans les oreilles. Par réflexe, j'ai adopté une pause défensive de karaté. Il n'y avait personne, c'était la chanson qui démarrait dans mes écouteurs. L'entraîneur m'a demandé "si je voulais en parler", et "si j'avais besoin d'aide". VDM

Aujourd'hui, je suis allé à un premier entretien d'embauche et j'étais si nerveux que je n'ai rien pu avaler avant. J'ai juste attrapé au passage un brownie que mon coloc avait laissé dans le frigo. Après vingt minutes d'entretien, j'étais tellement stone que je ne pouvais même plus parler. VDM

Aujourd'hui, nous étions en pleine excitation avec mon petit ami et il a sorti son pénis. C'est la première fois que j'en voyais un et je ne savais pas trop comment réagir. J'ai dit : "Il est chouette." VDM

Aujourd'hui, témoin d'un accident de voiture, j'ai été interviewé par une télé locale. Pendant l'interview j'ai lâché : "C'était terrible, on aurait dit un film silencieux... mais avec du son !" L'interview a déjà été rediffusée six fois. VDM

Aujourd'hui, je me baladais au centre commercial en écoutant de la musique sur mon iPod placé dans la poche haute de ma chemisette. Une fille mignonne m'a souri, alors je me suis rapproché d'elle en baissant le son avec mon doigt. Elle s'est sauvée horrifiée en me voyant me masser le téton. VDM

Aujourd'hui, je joggais sur un des tapis de course à la gym. La fille d'à côté a trébuché sur le sien et s'est fait éjecter contre le mur. Indécise sur ce qu'il faut faire en pareille circonstance, l'aider ou pas, j'en ai perdu ma concentration et me suis fait éjecter contre le mur juste à côté d'elle. VDM

Aujourd'hui, j'ai eu trois coups de fil pour mon anniversaire : le premier était de mon fiancé, me disant qu'il voulait récupérer sa bague ; le second de ma meilleure amie, me confessant qu'elle couchait avec mon fiancé ; le troisième provenait du secrétariat de mon dentiste qui m'a chanté "Joyeux anniversaire". VDM

Séance fitness
Tapis de course :
1/2 heure : 15 €
1 heure : 25 €
2 heures : 30 €
Vous étiez à quelle vitesse ?
45 km/h... Et vous ?
60...
missbean

Aujourd'hui, j'ai fait une gâterie à mon copain et nos deux piercings se sont emmêlés. On a dû appeler ma mère pour résoudre le problème. VDM

Aujourd'hui, je me présente pour la première fois aux parents de ma copine. Je dépasse accidentellement leur maison où ils m'attendaient tous sur le pas de la porte pour m'accueillir et décide donc de faire un demi-tour rapide. La famille au complet m'a vu écraser son chien. VDM

Aujourd'hui, pendant l'amour avec mon mari, je faisais mentalement la liste des courses. Je me suis aperçue trop tard qu'il avait déjà fini alors que moi je continuais à simuler. Il est super énervé. VDM

Aujourd'hui, mon fils de huit ans m'a annoncé qu'il ne veut plus que j'aille le chercher à l'école : "Parce que j'ai dit à tout le monde que ma mère est belle." VDM

Aujourd'hui, j'étais au centre commercial avec ma mère et elle me tapait sur les nerfs. J'ai fini par lui faire une scène au milieu d'un grand escalier, en lui hurlant dessus devant tout le monde. Dans mon agitation, je me suis vautrée dans l'escalier et j'ai roulé jusqu'en bas. Tout le monde a applaudi. VDM

Aujourd'hui, sous la douche, une pièce de monnaie est tombée sur mon pied. Le seul endroit d'où elle a pu tomber ? De mes bourrelets. VDM

Aujourd'hui, le dentiste a éternué en plein dans ma bouche. VDM

Aujourd'hui, le téléphone sonne. Faux numéro. Quelques secondes plus tard, la même fille me rappelle et je lui redis que c'est un faux numéro. Elle m'assure qu'elle a pourtant fait "bis" et qu'elle ne comprend pas pourquoi ça recompose mon numéro. Je lui explique alors la fonctionnalité de la touche "bis". Elle me traite d'idiot et raccroche. Et elle me rappelle... VDM

Aujourd'hui, je suis allée à un premier rendez-vous avec un mec au Starbucks. On a discuté et c'était plutôt sympa, jusqu'à ce que soudain il pose la main sur mon estomac et déclare : "Un jour, ce joli ventre s'arrondira par ma semence." VDM

Aujourd'hui, au centre commercial, j'ai été dépassé par deux handicapés en fauteuil roulant qui faisaient la course. J'ai crié pour encourager celui qui était devant. En réalité, son fauteuil électrique s'était emballé et l'autre essayait de le stopper. Ils ont fini tous les deux dans les plantes vertes. VDM

Aujourd'hui, mon copain est revenu après deux mois d'internat à New York. À l'aéroport, je l'ai vu courir vers moi et je l'imaginais m'enlacer fougueusement pour me faire tourner, comme dans les films. J'ai ouvert les bras, et il est passé à

côté en disant : "Je reviens, je dois faire caca." VDM

Aujourd'hui, pendant la cérémonie de mon mariage, j'étais si nerveuse que je basculais sur mes talons. J'ai fini par tomber en arrière et je me suis étalée au bas de l'estrade. Au lieu de voler à mon secours, mon mari a crié tout sourire : "LA HONTE !" VDM

Aujourd'hui, mon fils de cinq ans m'a dit que "quand il sera grand il sera mon amoureux". J'ai trouvé ça mignon. Il a ajouté, "parce qu'il t'en faut vraiment un". VDM

Aujourd'hui, une femme a crashé sa voiture contre ma maison en dévastant ma baie vitrée. Elle était en train d'envoyer des textos en mangeant une tranche de melon. Je ne savais même pas que c'était possible. VDM

Aujourd'hui, mon copain et moi avons roulé de nuit. Après avoir fait le plein dans une station-service, il est allé payer et m'a demandé si j'avais besoin de quelque chose. Je lui ai répondu : "Prends-moi ce que tu veux." Il est revenu avec une boîte de Tampax. Apparemment, je dois être un peu casse-bonbons en ce moment. VDM

Aujourd'hui, mes parents m'ont autorisée à sortir avec mon petit copain, du moment que je rentre avant minuit. Est-ce que je suis rentrée à l'heure ? Oui. Est-ce que j'avais mon T-shirt à l'endroit ? Non. VDM

Aujourd'hui, ma copine (depuis un an) m'a annoncé que c'est fini entre nous. Je lui ai demandé s'il y avait un autre mec, elle m'a répondu : "L'autre mec, c'était toi." VDM

Aujourd'hui, j'entraînais une équipe de minimes au football. J'ai crié à un des enfants : "Vas-y, chope le petit jaune !" Il faut savoir que l'autre gosse portait un T-shirt jaune. Il faut aussi savoir qu'il était asiatique. Sa famille m'a lancé le regard de la mort. VDM

Aujourd'hui, ma fille est sortie pour retrouver son petit copain. Mais elle est revenue un bref instant en criant "C'est moi ! J'ai oublié de prendre ma pilule !" Ce n'est pas un truc qu'un père veut entendre. VDM

Aujourd'hui, j'ai eu finalement le courage d'envoyer un texto à une fille pour lui demander un rencard. J'ai reçu en retour : "Erreur 3265. Ce numéro n'est plus en serviice." Il y avait une faute à "service" et, après vérification, "Erreur 3265" n'existe pas. VDM

Aujourd'hui, j'ai découvert que mon père cache son Viagra dans le tube d'aspirine. J'ai toujours un mal de crâne terrible, mais en plus une forte érection. VDM

Aujourd'hui, j'ai fait un voyage en groupe pour visiter une grotte. Notre guide s'est soudain arrêté, a éteint toutes les lampes de poche, et nous a demandé d'écouter le son du silence absolu. J'ai eu des gaz. VDM

Aujourd'hui, j'ai installé une nouvelle boîte aux lettres pour remplacer celle qu'on m'avait volée. Deux heures plus tard, ils me l'ont piquée aussi, mais ils ont remis l'ancienne à la place. VDM

Aujourd'hui, mon copain m'a dit "Je t'aime" pour la première fois. Il m'a ensuite demandé si je voulais essayer l'anal. VDM

Aujourd'hui, on s'est fait stopper par une patrouille, et le flic nous a demandé de sortir de la voiture. Alors que je tentais d'attraper mes chaussures sur la banquette arrière, le flic super fébrile m'a mis en joue avec son flingue et a demandé à mon ami si j'étais en possession d'une arme. J'étais terrifié. Mon ami a répondu calmement : "Non, mais butez-le quand même." VDM

Aujourd'hui, ma fiancée a accepté de me faire une petite gâterie. J'étais proche du septième ciel quand soudain elle a fait ce bruit étrange : "Waka waka waka". Elle a ensuite confessé devoir imaginer jouer à Pac-Man pour se donner du courage. VDM

Aujourd'hui, j'étais dans des toilettes publiques et la fille de la cabine d'à côté m'a demandé comment j'allais. Trouvant ça bizarre, mais ne voulant pas être impolie, je lui ai répondu. Silence... puis je l'ai entendue dire : "Attends maman, y a une conne de l'autre côté qui me raconte sa vie." VDM

Aujourd'hui, ma copine et moi échangions des photos coquines par téléphone. J'ai accidentellement envoyé une photo de moi nu à tous mes contacts, incluant mon ex, mon boss, et même Pizza Hut. VDM

Aujourd'hui, ma femme a changé son statut Facebook de "Mariée" à "Veuve". Je sens qu'elle veut me dire quelque chose. VDM

Aujourd'hui, j'ai rendu visite à ma grand-mère qui a un Alzheimer. Nous avons passé la majeure partie de la journée à son côté alors qu'elle ne savait pas vraiment qui nous étions. En partant, quand je l'ai embrassée, elle m'a glissé à l'oreille : "Toi t'es mon genre de mec." VDM

Aujourd'hui, tout en discutant avec mon mari, j'étais frénétiquement à la recherche de mon téléphone... jusqu'à ce qu'il me rappelle, non sans sarcasmes, que nous étions justement en train de nous parler au téléphone. VDM

Aujourd'hui, j'ai découvert ma chaussette "plaisirs intimes" posée sur mon lit avec des yeux brodés dessus et un mot de ma mère : "Parce que tu

n’as pas de vraie petite amie, je t’ai rendu celle-ci un peu plus jolie, Maman.” VDM

Aujourd’hui, j’ai découvert une clochette sur mon bonnet de ski. Je suis sourd de naissance, et nous avons une vieille tradition de blagues pourries avec ma sœur. Apparemment, je suis Elfe le bouffon depuis une semaine. VDM

Aujourd’hui, mon beau-père, ex-marine de 125 kilos, m’a annoncé qu’il allait désormais me taper dans l’estomac à tout instant, sans avertissement, “pour éprouver mes réflexes”. VDM

Aujourd’hui, en pleine action avec mon mari, au lieu de me murmurer un truc sympa à l’oreille, il a déclaré : “Comme elle va être bonne la pizza, après ça...” VDM

Aujourd’hui, je me suis foulé le poignet en jouant à Guitar Hero. L’interne aux urgences a appelé tous ses collègues pour que je leur raconte mon histoire. Ça leur a fait leur pause comique. VDM

Aujourd’hui, mon haut de maillot de bain m’a lâchée quand j’ai plongé dans la piscine. En me voyant frénétiquement tenter de le remettre en place sous l’eau, le maître nageur a cru que je me noyais. Il a plongé et m'a sortie de l'eau à bout de bras devant tout le monde, les seins à l'air. VDM

Aujourd'hui, je me suis fait arrêter alors que je conduisais en dansant sur de la techno. Le policier est sorti en courant de sa voiture, car il a cru que j'avais une crise d'épilepsie. VDM

Aujourd'hui, mon fiancé m'a infligé son "traitement du silence", se contentant de me lancer des regards assassins pendant tout le trajet en voiture jusqu'à mon travail. C'est parce que j'ai couché avec son meilleur ami... dans son rêve, la nuit dernière. VDM

Aujourd'hui, j'ai découvert que mon mari a fait une réplique de notre famille dans le jeu des Sims 3. J'ai aussi découvert qu'il m'a tuée il y a quelques semaines, et s'est fabriqué une nouvelle femme, Kiki. VDM

Aujourd'hui, mon copain est venu me chercher pour que je passe la nuit chez lui. En chemin, il s'est arrêté pour acheter des préservatifs. Quand je lui ai dit que ce n'était pas nécessaire, car j'avais mes règles, il a fait demi-tour et m'a reconduite chez moi. VDM

Aujourd'hui, je suis en permission et je prends le petit déjeuner en famille. Je suppose que c'est l'habitude des repas à la caserne qui m'a fait demander à ma mère : "Passe-moi le putain de beurre." VDM

Aujourd'hui, j'ai rencontré les parents de ma copine pour la première fois. La discussion a porté sur les animaux, je leur ai montré la photo de mon chat sur mon téléphone. Quand le père a posé son doigt sur l'écran tactile, ça l'a fait passer à la photo suivante : sa fille, nue. VDM

Aujourd'hui, ma mère a trouvé des préservatifs dans ma chambre. Elle a demandé pour quoi faire et j'ai répondu : "Juste au cas où." Ça l'a fait mourir de rire. VDM

Aujourd'hui, une pub MilkyWay est passée à la télé. À la fin, ils lancent un MilkyWay en gros plan à travers l'écran, ce qui a immédiatement fait bondir mon berger allemand de 50 kilos sur mon écran plasma tout neuf. VDM

Aujourd'hui, ma famille m'a organisé une fête surprise. J'étais tellement surprise que j'ai frappé ma mère à la tête quand elle a crié : "Surprise !" VDM

Aujourd'hui, pour fêter mes 18 ans avec mes amis, mes parents m'ont organisé un goûter d'anniversaire chez MacDo. VDM

Aujourd'hui, je faisais l'amour avec ma copine et elle s'est raidie en faisant, "Ah, ah, ah, ah..." comme avant l'orgasme. Mais elle m'a éternué en pleine figure. VDM

Aujourd'hui, mon fiancé a pensé qu'il serait romantique de faire sa demande en mariage sur Facebook avec : "On se marie, pétasse ?" VDM

Aujourd'hui, j'étais à un concert et il y avait un écran géant sur lequel on pouvait envoyer une photo. J'en ai envoyé une sympa de moi et ils l'ont affichée. Une foule d'environ quatre mille personnes s'est écriée en chœur : "Beuuuuuuuurk !" VDM

Aujourd'hui, j'ai réalisé que mon agenda pro est synchronisé avec celui de toute ma société. Tout le monde sait désormais que je fais l'amour avec ma femme le mercredi et le vendredi. VDM

Aujourd'hui, c'est mon anniversaire et j'ai eu un vinyle collector des Beatles. Cool, non ? Sauf que c'est le même album sur lequel j'ai enchéri comme un malade sur EBay. L'autre, c'était donc ma femme, avec ma carte de crédit. VDM

Aujourd'hui, après une nuit blanche, je réalise que plus ma copine fait l'amour et plus elle ronfle ensuite. J'ai donc le choix : soit je me la mets sur l'oreille et c'est l'insomnie, soit on a du super sexe et les ronflements qui s'ensuivent m'empêchent de fermer l'œil. VDM

Aujourd'hui, j'ai décidé de faire de la muscu, car tous mes amis disent que je suis une crevette. J'ai aussi acheté un grand container de protéines à prendre avant chaque exercice. Je n'ai pas la force d'en dévisser le couvercle. VDM

Aujourd'hui, j'ai fait une visite de contrôle chez le gynéco. C'était son remplaçant, et il a bien senti que j'étais un peu tendue. Alors, en pratiquant une palpation de l'utérus, il a voulu faire de l'humour en disant avec une voix de dessin animé : "Oh ! lalala... mais je suis toute rikiki par ici !" Grosso modo, c'était moi la poupée de ventriloque. VDM

Aujourd'hui, je faisais la queue au supermarché avec mon fils de trois ans. Il tenait son paquet de yaourts avec un dessin de vache rigolo. Il a crié : "Maman, regarde la grosse vache avec ses lunettes de soleil !" La femme obèse devant nous s'est retournée avec un regard assassin, derrière ses lunettes de soleil. VDM

Aujourd'hui, mon unité de secours s'est rendue chez une femme qui avait appelé en signalant qu'elle était sur le point de s'évanouir. Nous avons frappé chez elle et, sans réponse, j'ai

décidé d'enfoncer sa porte... C'était juste au moment où elle allait ouvrir. Finalement, on a effectivement dû la ranimer. VDM

Aujourd'hui, c'est mon troisième jour de camping avec mes amis. Je me suis réveillé avec ma main collée sur mon front. VDM

Aujourd'hui, j'étais sur un manège de montagnes russes et une petite fille à côté de moi avait l'air vraiment terrifiée. Alors, pour la rassurer, j'ai crié joyeusement en levant les mains en l'air dans une descente rapide. C'est le virage serré d'après qui m'a fait lui mettre un grand coup de coude dans la figure. VDM

Aujourd'hui, à la visite médicale, le docteur m'a demandé : "Avez-vous déjà eu des relations sexuelles ?" Pris de court, j'ai bredouillé : "Vous voulez dire avec quelqu'un d'autre ?" VDM

Aujourd'hui, j'ai préparé un plat de spaghettis pour ma copine. On a fait comme dans Belle et le clochard, quand ils se retrouvent à aspirer le même spaghetti pour se rejoindre bouche à bouche. Sauf que je me suis étouffé avec mon bout et que je le lui ai recraché au visage. VDM

Aujourd'hui, j'ai découvert que ma femme de ménage me vole des trucs. Son excuse : "Ça a dû être avalé par l'aspirateur." VDM

Aujourd'hui, j'ai tout bien organisé dans ma penderie. Mes habits sont désormais rangés en trois catégories : les trop petits, les jaunis au lavage, et ceux avec des taches de bouffe. VDM

Aujourd'hui, j'ai tenu la porte à un vieux en fauteuil roulant. Il a raté la porte, m'a roulé sur le pied, et m'a traité de "connard qui bloque le passage". VDM

Aujourd'hui, je pensais être habillé cool, mais tout le monde m'a traité de loser ; même un vieux en tongues sur une mobylette. VDM

Aujourd'hui, je suis en vacances dans une caravane, coincé entre un père alcoolique, une mère maniaco-dépressive, et deux jeunes sœurs ados qui ont une passion pour les cris hystériques. VDM

Aujourd'hui, j'étais à cheval et quelqu'un derrière moi m'a crié un truc et je me suis retourné. Je me suis ensuite retrouvé par terre avec un violent mal de tête. La personne derrière moi avait dit : "Fais gaffe à la branche !" VDM

Aujourd'hui, j'emporte mon repas au boulot en l'emballant dans une vieille boîte Chronopost. En fin de matinée, je m'aperçois qu'elle a disparu de mon bureau. Un collègue serviable me l'a repostée à mon adresse. VDM

Aujourd'hui, j'étais tranquille sur le divan après une journée super ennuyeuse passée avec ma tante. J'ai entendu ma sœur entrer et j'ai éprouvé le besoin de vider mon sac : "Tu penses que Tante Stacy se rend compte que personne ne peut la saquer ?" C'était justement Tante Stacy qui venait me rapporter le sac que j'avais oublié dans sa voiture. VDM

Aujourd'hui, j'ai découvert que quand on se fait couper les cheveux avec des ciseaux pointus, c'est mieux de dire clairement "oui" ou "non" plutôt que de faire des mouvements de tête. VDM

Aujourd'hui, mon nouveau copain m'a embrassée, puis il m'a regardée profondément dans les yeux en disant : "Je m'en fous de ce que tout le monde dit. Moi, je te trouve très belle." VDM

Aujourd'hui je suis en retard au boulot, car mon métro est tombé en panne. Hier, j'étais en retard car le métro devant le mien avait bloqué la ligne. La semaine dernière, j'étais en retard car les flics avaient fermé ma station. C'est vrai, je le jure. Mais même les stagiaires pensent que "c'est trop bidon à force comme excuses". VDM

Aujourd'hui, j'ai veillé tard pour réviser. Soudain, j'ai commencé à entendre un sifflement régulier et effrayant provenant de derrière la porte de ma chambre. J'ai vraiment flippé et j'ai crié : "Qui est là ?... Je sais que vous êtes là !" C'était mon nez qui sifflait. VDM

Aujourd'hui, j'ai appelé ma mère pour savoir si tout allait bien. Récemment, elle avait eu des difficultés financières et je lui avais prêté 100 dollars pour l'aider à attendre son prochain salaire. Je viens d'apprendre qu'elle a utilisé mon fric pour faire piquer mon chien. VDM

Aujourd'hui, j'ai acheté la voiture d'un ami. Lors de son nettoyage complet dans mon garage pour lui redonner une seconde jeunesse, j'ai retrouvé une boucle d'oreille de ma femme dans le pli du siège arrière. VDM

Aujourd'hui, mon plus jeune fils a cru que "Red Bull donne (vraiment) des ailes". Red Bull lui a donné une visite aux urgences et une cicatrice. Quant à moi, Red Bull m'a donné une convocation aux services sociaux. VDM

Aujourd'hui, je déjeunais avec mon fiancé, quand j'ai commencé à m'étouffer. Il en a profité pour piquer de la bouffe dans mon assiette. VDM

Aujourd'hui, en plein pendant ma classe de maths, j'ai eu des gaz. Je pensais que ce serait une bonne idée de lâcher mon mobile sur la table en même temps, pour couvrir le bruit. J'ai lâché le mobile, tout le monde m'a regardé, et là j'ai pété. VDM

Aujourd'hui, j'ai rencontré le garçon avec qui je flirtais sur Internet. J'avais triché de cinq

kilos sur mon poids réel, lui avait vingt ans de plus que son âge avoué. VDM

Aujourd'hui, mon copain m'a quittée. Je m'en suis aperçue en le voyant démarrer devant chez nous avec toutes ses affaires. Ah oui, il m'a aussi fait un bras d'honneur en passant. VDM

Aujourd'hui, j'ai dû recommencer une IRM d'une demi-heure, car j'ai eu une érection pendant la séance. VDM

Aujourd'hui, j'ai reçu mon premier baiser. J'étais tellement excitée que j'ai fait pipi. VDM

Aujourd'hui, j'ai passé un temps fou à frotter une mystérieuse tache sur ma moquette. J'ai fini par allumer la lumière pour la voir de plus près. C'était une ombre. VDM

Aujourd'hui, j'étais dans l'avion, et ma vessie n'en pouvait plus d'attendre que mon voisin se réveille pour me laisser le passage. J'ai donc fini par lui donner une petite tape sur l'épaule. Réveillé en sursaut, il m'a répondu par un grand coup de poing dans le ventre. VDM

Aujourd'hui, mon prof de maths m'a conseillé d'apprendre à dire : "Bienvenue chez Mac Donald !" VDM

Aujourd'hui, j'ai appris qu'on ne doit jamais, jamais, en aucun cas, quelles que soient les circonstances, prendre un laxatif en même temps qu'un somnifère. VDM

Aujourd'hui, après que j'ai cassé avec mon mec, des amies ont décidé de me sortir un peu entre filles pour me remonter le moral. Mais leurs copains ont trouvé sympa de nous rejoindre ensuite... j'ai fini la soirée isolée au milieu de plein de couples qui s'amusaient. VDM

Aujourd'hui, je promenais mon chien, et deux garçons en vélo se sont arrêtés près de moi. L'un a dit : "Et elle ?..." L'autre a répondu : "Naaaan, elle est moche." VDM

Aujourd'hui, mon coloc est sorti des toilettes, a posé son magazine de cul sur la table, a jeté un préservatif usagé dans la poubelle, a plongé sa main dans mon paquet de chips, et puis s'est lavé les mains au lavabo. Précisément dans cet ordre. VDM

Aujourd'hui, on m'a offert une perruche. J'ai trouvé sympa de la poser sur ma tête pour faire une photo. Au déclenchement du flash, l'oiseau s'est envolé en me lâchant une fiente dessus. On la voit bien sur la photo. VDM

Aujourd'hui, mon mari a passé la matinée à me dire des horreurs et à me faire des remarques vexantes. Il m'a ensuite confié que c'était juste pour tester les effets de mon Prozac. VDM

Aujourd'hui, mon chat a décidé qu'avoir une puissante diarrhée n'était pas une raison suffisante pour arrêter de courir en rond dans mon salon. VDM

Aujourd'hui, mon père s'est servi de mon diplôme pour tester l'encre de son stylo. VDM

Aujourd'hui, j'ai dû faire 500 kilomètres pour aller récupérer mon sac à main que j'avais oublié dans un motel. Au téléphone, ils m'avaient dit: "Oui, oui, on vous le mettra de côté en faisant la chambre, la femme de ménage a l'habitude." Arrivée là-bas, je me suis aperçue qu'il était dans le coffre de ma voiture. VDM

Aujourd'hui, mon chéri m'a fait sa demande en mariage de la façon la plus romantique qui soit. Ensuite, après avoir annoncé la grande nouvelle à nos parents par téléphone, il s'est tourné vers moi en précisant: "Hé, ça veut pas dire que maintenant faut la jouer feignasse sur les pipes, hein..." VDM

Aujourd'hui, mon patron m'a viré en prétendant que je passais trop de temps à surfer sur Internet. Quand je lui ai fait remarquer que mon ordinateur n'était même pas relié au Net, il a dit: "Ah oui, non, toi t'es celui qui prend trop de pauses cigarette." Quand je lui ai dit que je ne fume pas, il a répondu: "Bon, juste tu dégages." VDM

Aujourd'hui, nous avons regardé en famille la vidéo que mon père a réalisée lors de ma remise de diplôme. Il s'est trompé d'élève. VDM

Aujourd'hui, mon fiancé a commencé à planifier l'organisation de notre mariage. Il a prévu un clown. VDM

Aujourd'hui, je débarque en plein milieu d'une grosse dispute entre mes parents. Porte de la cuisine défoncée, évier fêlé, et des monceaux d'assiettes brisées jonchant le sol... J'ai appris plus tard que l'objet de la dispute était de savoir qui avait laissé la porte du frigo ouverte. VDM

Aujourd'hui, mon mari a décidé qu'il allait être père au foyer. On a deux chats, pas d'enfants. VDM

Aujourd'hui, j'ai passé des heures à nettoyer la cuisine que mon coloc a laissée en bordel. Je me suis tapé la vaisselle, j'ai récuré le frigo, lavé le sol, etc. Quand j'ai terminé, j'étais assoiffé et j'ai ouvert un Coca. La canette a explosé à l'ouverture en aspergeant partout. VDM

Aujourd'hui, je me suis fait attaquer et voler par un type en costume d'ours. VDM

La mademoiselle veut-elle prendre pour époux le monsieur qui est là ?
missbean

Aujourd'hui, j'ai épelé M-A-N-G-E-R à mon chéri, afin que le chien ne comprenne pas. Bon, lui non plus n'a pas compris. VDM

Aujourd'hui, quelqu'un a forcé la serrure de ma voiture pour me piquer 1,50 dollar. VDM

Aujourd'hui, mon jeune fils a enfin appris à utiliser les toilettes. Un peu plus tard, il a vu une pub pour détergent à la télé avec le "méchant monstre des toilettes". C'est reparti pour les couches. VDM

Aujourd'hui, j'ai découvert que je suis allergique aux pansements. J'ai maintenant une trace de pansement rouge vif sur la jambe avec une toute petite coupure au centre. La classe. VDM

Aujourd'hui, j'ai passé des heures à me mitonner un petit repas. Mais j'en ai mis partout en le versant dans mon assiette, alors j'ai essuyé avec un Sopalin que j'ai ensuite jeté à la poubelle. Sauf qu'ensuite je tenais encore le Sopalin à la main. C'était mon repas que j'ai balancé dans la poubelle. VDM

Aujourd'hui, on était en train de s'embrasser avec mon copain quand nos appareils dentaires se sont emmêlés. On a tiré chacun de notre côté et la douleur m'a mis les larmes aux yeux. C'est à cause de ça que j'ai éternué dans sa bouche. VDM

Aujourd'hui, en retard pour le mariage de ma sœur, j'ai accidentellement utilisé la bombe de crème dépilatoire à la place de mon déodorant. Ça te dessine une belle auréole bleue sur ta robe toute neuve. VDM

Aujourd'hui, j'ai vu une vidéo de moi datant du week-end dernier, nue et imitant un canard. Je crains le pire concernant ce qui a pu se passer cette nuit-là et dont je n'ai plus aucun souvenir. VDM

Aujourd'hui, j'ai compris que j'avais un vrai problème de pellicules en croisant une fille qui a crié à ses amis : "Lui, c'est déjà Noël dans ses cheveux." VDM

Aujourd'hui, j'envoie des textos coquins à mon mec pour passer le temps pendant un long trajet en voiture avec ma famille. Mon correcteur audio a notifié très distinctement la bonne orthographe de "pénis" et "orgasme". Encore cinq heures à tenir. VDM

Aujourd'hui, ma petite sœur a glissé dans l'escalier avec mon ordi portable dans une main et un sandwich dans l'autre. Elle a choisi de sauver le sandwich. VDM

Aujourd'hui, après un boulot de nuit éreintant, j'ai pris le bus pour rentrer chez moi. Je me

suis endormi et j'ai dépassé ma station de vingt-cinq kilomètres. J'ai repris le bus dans l'autre sens et me suis endormi à nouveau. Je me suis réveillé à mon point de départ. VDM

Aujourd'hui, je me suis endormi en classe, et je me suis réveillé à grands cris à la recherche d'oxygène. Je m'étais étouffé dans le gras de mon bras. VDM

Aujourd'hui, j'ai retiré la pizza du four en oubliant que le gant était troué. VDM

Aujourd'hui, je suis animateur dans un camp de jeunes déficients mentaux. Plusieurs parents ont déjà demandé au directeur quel était mon handicap. VDM

Aujourd'hui, je me suis endormi sur le divan et j'ai dû rouler par terre. Je me suis réveillé avec mon appareil dentaire coincé dans les fibres de la moquette. J'ai dû attendre le retour de ma mère pour qu'elle me libère avec des ciseaux. VDM

Aujourd'hui, j'ai fait un écart pour éviter de rouler sur le corps d'un chat mort au milieu de la route. À la place, je lui ai roulé sur la tête. J'entends encore le craquement. VDM

Aujourd'hui, j'ai appris deux choses : 1) Un homme adulte peut se faire casser la figure par une adolescente. 2) Quand on vous prend pour quelqu'un d'autre, crier "c'est pas moi..." est inutile. VDM

Aujourd'hui, j'ai compris que mon mec ne me demande de venir dormir chez lui que lorsqu'il a besoin que quelqu'un le réveille le lendemain. VDM

Aujourd'hui, j'ai couché avec une fille de mon boulot et elle m'a griffé le dos pendant l'acte. Pour dissimuler les traces à ma femme, j'ai pensé que ce serait une bonne idée de me faire d'autres marques en me jetant dans un des escaliers du bureau. J'ai fini à l'hosto. VDM

Aujourd'hui, mon copain m'a offert une balance pour mon anniversaire. VDM

Aujourd'hui, dans l'idée de pimenter notre relation sexuelle, mon copain a prétendu être un "chien sauvage". Ce qui inclut les aboiements, le léchage de mon visage et le grattage de ses oreilles. VDM

Aujourd'hui, au zoo, j'ai porté sur mes épaules ma petite nièce pour qu'elle puisse mieux voir les lions. Quand un des lions a rugi, elle a eu tellement peur qu'elle en a fait pipi. Sa couche ne s'est pas révélée suffisamment absorbante ; en revanche mon T-shirt oui. VDM

Aujourd'hui, juste au moment où j'allais avoir un orgasme, mon copain m'a regardé et a fait "Chuuuuuut !". VDM

Aujourd'hui, j'ai appris que mon copain a une autre copine. Son excuse ? Étant bipolaire

(maniaco-dépressif), il a besoin d'une copine pour chacune de ses personnalités... VDM

Aujourd'hui, pendant l'amour avec mon copain, il s'est mis à murmurer son propre prénom. VDM

Aujourd'hui, la mère de mon chéri n'arrête pas de faire référence à son ex-copine comme "la fille qu'elle aurait tant voulu avoir". VDM

Aujourd'hui, j'ai versé un flacon de soude caustique pour déboucher mon évier. Deux heures plus tard, l'évier est toujours bouché. En revanche, la colle des tuyaux d'évacuation est totalement dissoute et ça a fui de partout en bouffant mon sol plastique. VDM

Aujourd'hui, après trois jours de constipation due au stress avant mon mariage, mon transit s'est brutalement remis en marche en pleine cérémonie. J'ai dû courir aux toilettes, accompagnée de ma demoiselle d'honneur qui tenait ma traîne en l'air au-dessus de la porte. "T'as bientôt fini ?" Non. VDM

Aujourd'hui, je fais du camping dans un parc national. Un ranger est venu me voir pour me dire que des coyotes ont été signalés dans le coin, mais, "pas de panique, s'ils vous chargent, c'est du bluff, ils se sauvent au dernier moment". Plus tard, j'ai rencontré un coyote, il ne bluffait pas. VDM

Aujourd'hui, j'ai douloureusement constaté qu'avec mon nouveau piercing dans la bouche, il est imprudent de tester les piles de neuf volts avec la langue. VDM

Aujourd'hui, ma copine m'a plaqué pour mon meilleur ami en m'envoyant un texto avec "lol". VDM

Aujourd'hui, je conduisais et j'ai vu mon vieux moniteur d'auto-école sur le trottoir. En lui faisant coucou, j'ai embouti une voiture. Je pense que je lui ai montré à quel point il a fait du bon boulot avec moi. VDM

Aujourd'hui, on a mangé des pizzas avec mon chéri et quelques copains. J'étais heureuse, on parlait et on riait tous ensemble. Quand j'ai repris une part de pizza, mon copain m'a saisi le poignet en disant que j'en avais eu assez, "vu mon poids". Tous les autres lui ont donné raison. VDM

Aujourd'hui, ma copine m'a dit que je ne suis pas naturel pendant l'amour car je pense trop à ce que je dois faire. Depuis, à chaque fois qu'on fait l'amour, je pense trop au fait que je pense trop. VDM

Aujourd'hui, mon bébé se met à hurler dès que j'arrête l'aspirateur. Je suis coincée depuis toute la matinée avec un bébé hurleur ou l'aspirateur à fond. VDM

Aujourd'hui, en sortant d'un magasin, j'ai vu un petit blond accroupi à côté de ma moto en train de trafiquer un truc. Je lui ai mis un grand coup de casque dans le dos qui l'a séché direct. C'était juste un gosse... il rattachait son lacet. VDM

Aujourd'hui, mon chéri m'a fait remarquer que ma pilule a totalement fait disparaître mon acné et a rendu mes seins beaucoup plus gros. Dommage pour lui que ça ait aussi totalement fait disparaître ma libido. VDM

Aujourd'hui, j'ai regardé mon mec nourrir son chat, changer son profil sur Myspace et surfer une heure sur Facebook, avant qu'il m'explique être trop occupé pour un petit câlin. VDM

Aujourd'hui, j'ai fait un bœuf avec des gens rencontrés dans une soirée. Après quelques minutes de ce que je pensais être une éclate musicale totale, le bassiste est venu débrancher le jack de mon ampli. Ils ont ensuite continué à jouer tous ensemble comme si de rien n'était. VDM

Aujourd'hui, je me suis arrêté au feu orange. Le type derrière moi, non. Il n'a pas non plus d'assurance. VDM

Aujourd'hui, j'ai pris une photo de mes seins et je l'ai envoyée à mon copain. Sauf que je l'ai envoyée au chauffeur de taxi (mon dernier appel) qui m'avait raccompagnée chez moi. Il n'arrête pas de m'appeler depuis. VDM

Aujourd'hui, des témoins de Jéhovah ont sonné à ma porte. D'habitude je les envoie paître, mais là je m'ennuyais tellement que je les ai laissés entrer. VDM

Aujourd'hui, on faisait l'amour chez ma copine, pensant que nous étions seuls. Son petit frère est tombé sur nous, a pris une photo avec son portable, et nous a crié : "Maintenant, vous êtes tous les deux mes esclaves !" Là, il est parti s'enfermer dans sa chambre. VDM

Aujourd'hui, ma femme m'a fait la surprise de laver la voiture. Il lui a suffi de percuter la bouche d'incendie devant la maison, inondant également le jardin, et détruisant la boîte aux lettres. VDM

Aujourd'hui, on a reçu la facture du portable de mon fils (celui qu'on lui a offert pour rester en contact avec lui pendant ses études). Je m'aperçois qu'il appelle un service de téléphone érotique tous les jours. Nous, jamais. VDM

Aujourd'hui, au resto, j'ai demandé un Coca. Le serveur a précisé : "Coca light ?" J'ai répondu : "Non, Coca normal." Il a secoué la tête d'un air réprobateur en concluant : "Coca light..." VDM

Aujourd'hui, j'ai découvert que j'ai fait des avances sexuelles à ma patronne, saoul, à la soirée de samedi dernier. Elle ne veut pas me dire ce que c'était. Mais maintenant elle rigole chaque fois qu'elle me croise. VDM

Aujourd'hui, je suis allé chercher ma fille au centre aéré. Elle était dehors en train de jouer au ballon. Soudain, un ballon rouge a roulé vers moi et j'ai fait un grand shoot dedans pour impressionner les gosses. Ils se sont mis à pleurer. C'était la boule de leur hamster, "Sweety". VDM

Aujourd'hui, j'ai rompu avec mon copain en lui expliquant que j'avais besoin d'être un peu seule pour pouvoir me retrouver. Il a répondu : "OK, de toute façon on était à court de capotes." VDM

Aujourd'hui, j'ai eu un entretien téléphonique pour poser ma candidature dans une université. La femme m'a demandé mon mot de passe afin de pouvoir consulter mon dossier scolaire en ligne. Mon mot de passe c'est "FUCK". VDM

Aujourd'hui, le petit ami de ma sœur est venu à la maison. J'ai pensé que ça serait sympa de nous cuisiner un petit repas à trois. Le mien a été un peu plus long à cuire, alors ils ont mangé sans m'attendre. J'ai ensuite déjeuné seule, au son de leurs ébats dans la pièce d'à côté. VDM

Aujourd'hui, j'ai surpris mon père dans la cuisine en train de donner une fessée coquine à ma mère

avec une spatule. C'est la même spatule avec laquelle je fais mes œufs tous les matins. VDM

Aujourd'hui, en revenant de faire les courses, j'ai réalisé que j'ai acheté pour 30 euros de nourriture pour chat et de gâteaux régime. Oui, je suis devenue ce genre de femme-là. VDM

Aujourd'hui, mon nouveau petit ami m'a dit qu'il adore me faire l'amour pendant mes règles... ça lui "donne l'impression de poignarder un petit animal jusqu'à la mort". VDM

Aujourd'hui, j'ai fait remarquer à mon mari avachi dans son fauteuil qu'il passe trop de temps devant la télé. Il a dirigé la télécommande vers moi en tapotant sur le bouton du volume pour me signifier de la fermer. VDM

Aujourd'hui, j'ai envoyé une demande d'ami sur Facebook à un mec qui m'a invité à sa fête hier soir. J'ai réalisé trop tard que la photo de mon profil me montrait arborant fièrement un trophée que j'ai piqué chez lui. VDM

Aujourd'hui, j'ai eu mon premier rencard après un an de total désert affectif. Il m'a appelé "Pupuce", et n'a pas cessé d'imiter des bruits d'animaux différents pendant le repas. VDM

Aujourd'hui, j'ai découvert le second profil Facebook de mon copain. J'ai également découvert son autre copine. VDM

Aujourd'hui, on se disait nos petits secrets avec mon chéri et je lui ai avoué avoir l'habitude de me raser le petit duvet de ma moustache. Il a répondu : "Ça, tout le monde le sait... ça pique quand on t'embrasse." VDM

Aujourd'hui, premier rendez-vous avec une fille plutôt mignonne. Je l'ai invitée dans un restaurant classe et elle a commandé des crevettes. J'ai alors précisé sur le ton de l'humour : "Tu sais, je suis allergique aux crevettes... si tu en manges on ne pourra jamais s'embrasser..." Elle s'est tournée vers le serveur en disant : "Je prendrai les crevettes." VDM

Aujourd'hui, visite médicale à la médecine du travail. Durant le questionnaire, la toubib me demande si je suis sexuellement active. Je réponds "oui". Elle me demande alors : "Que faites-vous exactement ?" Je réponds que je suis plutôt vaginale et occasionnellement anale. Elle voulait juste savoir ce que je faisais comme travail... VDM

Aujourd'hui, j'ai eu une grosse dispute dans un parking avec ma copine. Mais je l'ai ensuite calmée en lui faisant un gros câlin. Vingt secondes plus tard, je lui claquais la porte sur la main par accident. VDM

Aujourd'hui, mes parents sont venus me rendre visite et mon oiseau (un mainate) leur a fait un show vocal. Il imitait à la perfection ma voix et

mes gémissements de la nuit précédente pendant l'amour. VDM

Aujourd'hui, après un dîner romantique avec mon chéri, j'ai pris une pose sexy et je lui ai murmuré : "Ça te dit, un petit dessert ?" Apparemment, il n'a pas saisi l'allusion. Il a répondu : "Franchement, tu devrais penser un peu à ta ligne." VDM

Aujourd'hui, j'ai acheté une perruche à mes enfants. Ils ont tout de suite voulu la lâcher dans l'appartement pour la voir voler. On a donc pris soin de bien fermer toutes les fenêtres. On a juste oublié le ventilateur de plafond. VDM

Aujourd'hui, le dentiste m'a retiré une dent de sagesse avec un abcès à la racine, et l'anesthésique n'avait pas encore fait son effet aussi profondément. Fou de douleur en pleine extraction, j'ai levé la main comme il m'avait conseillé de le faire en cas de problème. Il a continué en disant : "Mais non, ça fait pas mal." VDM

Aujourd'hui, me brosser les dents a pris plus de temps que l'amour avec mon copain. VDM

Aujourd'hui, chez MacDo, j'ai commandé une salade. Le type derrière le comptoir a évalué ma silhouette en disant : "C'est bien... au moins vous essayez." VDM

Aujourd'hui, après une nuit blanche passée en boîte, je rentre chez moi et je croise un Chinois dans l'ascenseur avec un sac plastique. Je le félicite : "Super ! Vous livrez encore à cette heure-là ?" C'était un voisin. VDM

Aujourd'hui, un peu bourré, j'ai dû enterrer le chat de ma copine car c'était au-dessus de ses forces. Quand elle est ensuite allée se recueillir sur sa tombe, elle s'est mise à hurler. Une patte du chat dépassait de la surface. VDM

Aujourd'hui, je me suis verni les ongles pour passer le temps pendant que j'étais aux toilettes... J'ai dû attendre trente minutes que le vernis sèche pour pouvoir m'essuyer. VDM

Aujourd'hui, un ballon a roulé vers moi, je l'ai ramassé et l'ai renvoyé par-dessus le mur de l'école. Un petit garçon derrière moi m'a alors demandé de lui rendre son ballon. C'est dimanche et l'école est fermée. VDM

Aujourd'hui, ma femme et moi étions invités à un mariage. Vers minuit (quand ils ont servi le fromage), nous tombions de sommeil, alors nous sommes allés nous taper une petite sieste dans la voiture. Nous nous sommes réveillés à 5 heures du matin, quand tout le monde était parti. VDM

OCÉANIE

Australie

Aujourd'hui, j'ai fait ma première plaidoirie d'avocat dans un tribunal. Je voulais arguer du fait que ma cliente (un peu trop maquillée ce jour-là) était soumise à une véritable persécution. À la place, j'ai dit "prostitution". VDM

Aujourd'hui, j'étais à une fête d'anniversaire. Au moment où la fille a soufflé ses bougies à fond, j'ai murmuré au type à côté de moi, "Ça, c'est de la bonne bouche pour ma bougie ce soir". C'était son père. VDM

Aujourd'hui, j'ai joué au foot avec une fille que je drague. Je lui ai accidentellement envoyé le ballon en pleine face. La balle a rebondi vers moi et je me suis précipité pour voir si elle était OK. Dans ma course, je lui ai shooté à nouveau le ballon en pleine face. VDM

Aujourd'hui, je travaille dans une sandwicherie-pain grillé, et la queue est déjà longue. En plein speed, je demande au client suivant sans même me retourner : "Je parie que vous aussi vous le voulez bien grillé ?" C'était un grand brûlé. VDM

Aujourd'hui, je donnais un récital avec mon orchestre. J'ai éternué en jouant de mon saxophone, ce qui a éjecté le bec de ma bouche. La sangle autour de mon cou l'a fait revenir encore

plus violemment dans ma figure en m'assommant à moitié. Au moins je les aurai fait rire. VDM

Aujourd'hui, mon copain m'a larguée parce que j'avais mes règles. Apparemment, il était énervé car "Maintenant c'est pratiquement tous les mois..." VDM

Aujourd'hui, j'ai tenté de convaincre mon copain que je ne suis pas une blonde idiote. Après avoir hurlé la chose à pleins poumons, j'ai toussé et me suis cogné la tête contre le mur. VDM

Aujourd'hui, mon mari a acheté à ma fille de quatre ans un T-shirt dont elle aimait bien la couleur. Il y a aussi une inscription dessus : "Ma mère est une fille facile, j'en suis la preuve vivante." VDM

Aujourd'hui, j'ai à la fois un rhume et mes règles. Demain j'aurai un rhume, mes règles et deux dents de sagesse arrachées. VDM

Aujourd'hui, j'ai mis deux soutiens-gorge pour me faire une poitrine avantageuse. En sortant d'un magasin de vêtements avec mon nouveau copain, je me suis fait stopper par le vigile qui a tout de suite remarqué le subterfuge et pensait avoir affaire à une voleuse (il paraît que c'est un classique). L'explication fut laborieuse. VDM

Aujourd'hui, j'ai acheté une belle robe très chère car mon copain voulait m'emmener dans un endroit classe pour fêter nos "1 an" ensemble. Quand il m'a vue, il a rigolé en disant : "Non, sérieux, c'est un endroit classe, je t'ai dit..." VDM

Aujourd'hui, mon amie m'annonce qu'elle est enceinte. Apparemment, elle a arrêté de prendre la pilule depuis deux mois, car "on voulait un enfant". On ? VDM

Aujourd'hui, j'ai testé la résistance de mon nouveau mitigeur de douche en me cognant la tête dessus. Il est très solide. VDM

Aujourd'hui, je regarde la télé avec ma copine quand soudain elle défait la boucle de ma ceinture, dézippe ma braguette et baisse lentement mon pantalon. Au moment où je suis chaud comme la braise, elle me lance : "Nan, j'déconne." VDM

Aujourd'hui, ma sœur a trouvé sympa de me réveiller en versant du savon liquide dans ma bouche ouverte. VDM

Aujourd'hui, j'ai tenté un truc sexy avec de la crème Chantilly sur mes seins. Mon copain a refusé de se prêter au jeu car "ce truc est plein de calories". VDM

Aujourd'hui, j'ai croisé un jeune couple dans la rue. J'ai entendu la fille dire à son copain :

“Est-ce que tu m’aimerais quand même si je ressemblais à ça ?” VDM

Aujourd’hui, après une soirée romantique avec un mec que j’adore, il m’a raccompagnée chez moi. En arrivant dans mon allée, on est tombés pleins phares sur ma mère saoule, en petite culotte, et qui sortait la poubelle en titubant. VDM

Nouvelle-Zélande

Aujourd’hui, je me suis endormi et j’ai rêvé que je gagnais 500 000 dollars à la loterie. Dans mon rêve, j’utilisais cet argent pour m’acheter un nouveau lecteur MP3, et je mettais tout le reste sur un compte à terme. Même dans mes rêves, je suis le type le plus ennuyeux que je connaisse. VDM

Aujourd’hui, j’ai décidé d’arrêter de fumer. Pendant ma pause-déjeuner, devant tout le monde, je me suis surpris à essayer de tirer une taffe sur le KitKat que j’étais en train de manger. VDM

Aujourd’hui, marchant sur un trottoir situé dans un virage, je me suis fait asperger au vol avec un liquide inconnu provenant d’une voiture qui passait par là. J’ai été rapidement en mesure d’identifier le liquide en question. Il se révèle qu’on m’a pissé dessus. VDM

Aujourd'hui, on a pris l'avion avec ma femme et mes trois enfants afin de rendre une visite surprise à mes parents sédentaires et isolés pour Noël. Une fois arrivés, on a trouvé porte close car ils avaient décidé de partir en vacances. On a nulle part ailleurs où aller. VDM

Aujourd'hui, j'ai découvert que ma meilleure copine utilise des photos de moi pour l'aider à garder sa ligne. Elles sont accompagnées de Post-it disant : "Tu sais bien que tu veux pas finir comme ça." VDM

Aujourd'hui, j'ai enfin rencontré cette fille mignonne que je draguais sur Internet depuis un an. J'ai aussi fait connaissance avec sa moustache qu'elle avait bien pris soin d'effacer sur toutes ses photos. VDM

Aujourd'hui, j'étais à la station-service et j'ai sorti mon portefeuille pour payer les 80 euros d'essence du plein que je venais de faire. Dans mon portefeuille, il y avait seulement une note de ma femme : "J'ai pris l'argent pour acheter la bouffe." VDM

Aujourd'hui, de retour de vacances, j'ai réalisé que j'avais gardé les clés du motel. Le porte-clés comporte une adresse de retour. J'ai donc été jusqu'à la poste, ai mis les clés sous enveloppe et posté le tout dans la boîte. Juste après, je me suis aperçu que les clés du motel que j'avais toujours en main n'allaient certainement pas faire démarrer ma voiture. VDM

bzzz
bzzz
missbean

Aujourd'hui, on parcourait de vieilles photos de famille avec mon fils de onze ans. Il en a repéré une de moi, à 22 ans, sur la plage en Bikini. Il s'est exclamé, : "Le canon! C'est qui, ça?" Toute fière, je lui ai dit que c'était moi. Il avait une vraie tristesse dans le regard quand il a dit: "Mais qu'est-ce qui s'est passé?" VDM

Aujourd'hui, au boulot, le dernier de mes stylos avait disparu de mon bureau. J'ai pensé que c'était encore la même collègue à qui j'ai déjà demandé dix fois d'arrêter de me piquer mes fournitures. J'ai donc été lui taper une crise devant tout le monde... J'avais le stylo à la main. VDM

Aujourd'hui, j'ai eu un rendez-vous avec un mec croisé sur un site de rencontre. Il est arrivé, m'a regardée, et a dit: "Heu... non." Et il est reparti. VDM

Aujourd'hui, j'ai fait la fête avec des personnes handicapées dans le centre où je travaille. Il y avait la musique à fond, on rigolait et on dansait. Mon patron m'a pris à part et m'a dit que c'était indécent de me moquer d'eux en imitant leur façon de danser. Mais c'est comme ça que je danse, moi... VDM

Aujourd'hui, ma mère a raconté en détail à mon petit ami comment elle a dû être parent accompagnateur dans ma classe quand j'étais en maternelle. Apparemment, je n'arrêtais pas de me masturber en me frottant aux rebords des chaises

et des tables et la maîtresse aurait pensé que ça serait mieux si ma mère était là pour m'en empêcher... VDM

Aujourd'hui, au lit, ma fiancée m'a confié qu'elle avait vraiment eu une sale journée. Pendant qu'elle s'endormait, je lui ai alors chanté doucement une comptine avec laquelle ma mère avait l'habitude de m'apaiser quand j'étais enfant. J'ai eu droit à : “Maintenant, tu la fermes. Toi, tu crains vraiment.” VDM

Aujourd'hui, j'ai vu les photos de la fête d'anniversaire des 25 ans de mon petit copain. La fameuse fête qu'il m'avait dit avoir dû annuler. VDM

AFRIQUE

Égypte

Aujourd'hui, j'ai fait l'amour pour la première fois. C'était sa première fois à lui aussi. À peine dans le lit, il a buggé et s'est brusquement levé pour sortir un papier de sa poche. Il avait inscrit dessus son plan d'attaque en antisèche et ne se rappelait juste plus ce qu'il fallait faire à l'étape suivante. VDM

Afrique du Sud

Aujourd'hui, un client est entré dans mon magasin de musique pour essayer des guitares. Après avoir sympathisé du mieux que j'ai pu en l'appelant "mon pote" et "mec" à plusieurs reprises, je l'ai vu brusquement tourner les talons en criant nerveusement : "J'suis une fille, connard !" VDM

Aujourd'hui, à l'enterrement de ma vie de jeune fille, j'étais tellement saoule que j'ai fini par faire moi-même une lap dance au gogo dancer "... parce qu'il sait pas bien le faire". Un tas de photos en témoignent. VDM

Aujourd'hui, quand j'étais sous la douche, mon colocataire a pensé que ce serait drôle de me balancer mon chat dessus. Le médecin qui m'a recousu a trouvé l'idée de base amusante lui aussi. VDM

Aujourd'hui, je conduisais sur une ligne droite totalement déserte en plein bush. J'ai éternué et j'ai fait une embardée pour finir dans un poteau en bord de chaussée. C'était le seul poteau sur cinquante kilomètres de route. VDM

Algérie

Aujourd'hui, j'ai vingt-trois ans, je suis toujours vierge, et je porte deux paires de chaussettes. Ce n'est pas parce que j'ai quatre pieds, c'est parce que je n'ai pas de seins. VDM

REMERCIEMENTS

Dans cet ouvrage, il y a des pépites. Mais, tout comme l'or, il ne suffit pas de se baisser pour les ramasser. Il faut vraiment creuser profond. Alors nous disons un grand merci, joyeux et prosternés, à Julien (Azarian) et à Alan (Holding) qui nous aident chaque jour à tout tamiser.

LES AUTEURS

MAXIME VALETTE est né le 30 avril 1988 à Reims. Il est tombé dans l'informatique tout petit. Il ne se souvient pas d'une époque où il n'a pas eu un ordinateur entre les mains. Il a commencé à programmer vers 9 ans, puis a construit des sites Web à 11 ans, créé une association à 15 ans dont une des activités est devenue une activité pro quand il avait 16 ans, et qu'il a revendue à 18 ans pour créer le site VDM (tout le monde a suivi ?). Mis à part l'informatique, ses hobbies sont la musique (du violoncelle pendant 10 ans), les séries TV et le vin (Monsieur habite en Champagne).

GUILLAUME PASSAGLIA est né le 28 janvier 1982, quelque part sur la Côte d'Azur. Il aime les ours polaires et la vodka-Martini (au shaker, pas à la cuillère). Il est également ingénieur informatique, photographe, et sportif accompli. Il a longtemps été un gamer infatigable sur Internet, mais il s'amuse maintenant à d'autres jeux, comme celui de diriger plusieurs entreprises au niveau international. Il reste infatigable. Il est également responsable du ménage dans l'appartement de Paris où toute l'équipe VDM se réunit pour travailler et parler de l'avenir. Il aime que tout soit parfait. Son rêve ultime est donc de battre un jour Didier Guedj au tennis.

DIDIER GUEDJ est né à Paris, il y a longtemps. Après des études de commerce international et un premier job dans le marketing, il est instantanément devenu plutôt musicien. D'abord compositeur de jingles pour la publicité, puis concepteur et directeur de création dans plusieurs agences, il a ensuite fondé la sienne. De Heineken à Canon, en passant par quelques parfums français et autres best-sellers en édition, il a réalisé plus de 100 campagnes publicitaires. C'est le diable.

ILLUSTRATIONS

MARIE LEVESQUE – Missbean – est née au début des années 1980. Après quelques années d'études d'architecture, elle se consacre à plein temps à l'illustration. Aujourd'hui, elle vit et travaille au fin fond de l'Aveyron avec sa petite famille. Elle aime la bière et le chocolat, adore photographier les insectes en mode macro et regarder des films en dormant – c'est à cause de cela qu'elle ne se souvient jamais de la fin.

Table

Dans la collection VDM :

Maxime Valette, Guillaume Passaglia et Didier Guedj, *VDM*, éditions Privé, 2008.

Collectif, *VDM illustrée*, éditions Privé, 2009.

Hipo, Grelin, Maxime Valette, Guillaume Passaglia et Didier Guedj, *Vie de merde, les premières fois*, Michel Lafon/Jungle, 2010.

Mr Choubi, Maxime Valette, Guillaume Passaglia et Didier Guedj, *Vie de merde, au boulot*, Michel Lafon/Jungle, 2010.

PAPIER À BASE DE FIBRES CERTIFIÉES

Le Livre de Poche s'engage pour l'environnement en réduisant l'empreinte carbone de ses livres. Celle de cet exemplaire est de :
300 g éq. CO_2
Rendez-vous sur www.livredepoche-durable.fr

Composition réalisée par PCA

Achevé d'imprimer en octobre 2012 en Italie par
ROTOLITO LOMBARDA
Dépôt légal 1re publication : octobre 2012
LIBRAIRIE GÉNÉRALE FRANÇAISE – 31, rue de Fleurus – 75278 Paris Cedex 06

30/1891/8